아침달 시집

모든 에필로그가 나를 본다

구현우

시인의 말

빛을 이용한 치료를 하나 한다고 합니다.
눈은 감고 있으라고 합니다. 가까이에
빛이 있습니다. 정면에서 나를 향하는데
마주 눈을 뜨고 바라보면 해로운 빛이라니.
치유의 빛은 그런 것일까요. 조금 뜨겁습니다.
빛이 꺼지면 빛이 꺼진 그 자리에는 무엇이
있을까요. 알고 싶습니다. 보고 싶지는
않습니다. 눈을 떠도 된다는 신호가 없어서
아직 나는 눈을 감고 있습니다.

2023년 겨울과 봄 사이
구현우

차례

1부

LETTERING   12

안전가옥   15

미신   16

신경쇠약 직전의 소설가   20

항상성   25

볼 수 있는 사례와 볼 수 없는 사례   26

12시   31

종언   36

작야흉몽벽서대길   38

악마는 디테일에 있다,

신은 더 작은 디테일에 있다   42

역치   45

백색도시   46

모든 밤은 겨울의 밤　　　　　　50

난반사　　　　　　　　　　　52

제이와 나　　　　　　　　　　55

생장점　　　　　　　　　　　59

단 하나의 곡조　　　　　　　　60

까마귀 떼가 몰려온다　　　　　64

구룡채성　　　　　　　　　　66

역사　　　　　　　　　　　　70

당신과 나의 안녕　　　　　　　73

2부

피사체　　　　　　　　　　　78

미래세계　　　　　　　　　　79

마음   82

마스크 속의 입술처럼   85

내가 아는 세상이 세상의 전부   86

유년기의 끝   89

제삼자   91

점심과 저녁 사이에   94

아무리 많은 걸 내려놓아도   96

TAXI DRIVER   99

심연   100

사춘기   102

알 수 없는 이상기류가

흐르고 있으므로   105

TATTOO   108

묘   113

대학   116

천변에서의 마주침   118

곁에서   120

오늘이 지나면 다시 내일이 오늘   122

거짓말 같은   124

동전을 던져서 앞면이 나오면

내가 하고 뒷면이 나오면

그래도 내가 하는   126

블랙아웃   131

비가역   134

부록

사후세계 보고서   138

1부

LETTERING

탐정은 사랑의 행방을 쫓는 중이라 말했고 기억을 그러모아 나는 그의 몽타주를 그려주었습니다.

별안간 그가 저지른 짓이 무엇인지 물었습니다. 아직은 용의자일 뿐이라는 대답이 돌아왔습니다. 아직까지는요.

흘깃 탐정의 수첩을 훔쳐보니 이웃, 혈흔, 방, 도구(도주?), 테라스, X, 계획, 아몬드, 커튼 이런 단어들이 눈에 띄었습니다. 누가 죽은 건가요.

아직 죽은 사람은 없어요.
최소한 죽어가는 사람이 있거나, 이후에는 죽을 수도 있겠군요 라는 말은 속으로 삼켰습니다. 설령 그렇다고 한들 증거가 없다면 그를 가두지는 못할 테니까요.

사랑과 친했냐는 질문에는 잠시 사이가 필요했습니다. 글쎄요……. 사랑과 안 친했냐는 질문에도 마찬가지였습니다. 글쎄요…….

나와 사랑의 관계를 정의하기 곤란해하기에 넌지시 일러주었습니다. 친구라 하기엔 애매한데 친구의 친구쯤은 되는 것 같다고요.

공통적으로 친한 사람이 한 명 있는

그 사람이 없으면 나와 사랑 둘이서는 별로 할 말이 없는 그런 사이 말입니다.

현장에서 사라진 사랑이 수상한 건 어쩔 수 없는 일일 겁니다. 무서워서 도망쳤을 수도 있겠죠. 자기가 한 일이 아니라도 눈앞에서 사람이 다쳤다면요. 누명을 쓸 수도 있겠다고 의심하지 않았을까요.

그런 마음을 탐정이 배제하진 않을 거예요. 사건의 실마리를 그가 쥐고 있다는 것만은 분명합니다. 알고 있습니다. 유력한 용의자인 동시에 유일한 목격자인 사랑을요.

한 번쯤은 돌아올 거라 했습니다. 탐정의 추리로는 그

가 밀실이 된 집의 열쇠를 갖고 있다고 합니다.

사랑이 살다시피 했던 집이라고 해요.

타인을 해칠 수 있을까.

내가 기억하는 사랑은 그러지 못할 얼굴로 그러고도 남을 인물입니다.

마주치기라도 한다면 그의 짓인지 아닌지 알 수 있겠는데요. 이상한 확신 하나가 머리를 스치고 지나갑니다. 왜인지 다시는 사랑을 만나지 못할 것 같다는 생각

사랑을 두 번 다시는 볼 수 없을 거라는 생각이ㅡ.

소름이 끼칩니다. 만일 사랑이 범인이 아니고 숨은 것도 아니라면. 이 모든 게 우연이라면. 사랑조차도 진범이 죽여버린 것이라면. 이 모든 게 우연이 아니라면. 사건은 이제 시작된 걸지도 모릅니다.

안전가옥

아무도 나를 발견하지 못할 거예요. 장롱 틈새로 나를
찾는 술래가 보여요. 술래 몰래 내가 나이를 먹어요. 미안
하지만 병이 들어도 나는 나가지 않을 거예요.

미신

월식月蝕은 개가 달을 베어 먹은 흔적이다 그 개는 우리
마을에 있다

외견은 황소를 십분지일로 압축해놓은 듯하다 살갗도
그렇다

그런 개가 마을에 아주 또 없지는 않아서 그 개만의 특
징으로 보긴 어렵겠으나
나는 그 개를 알아볼 수 있다

정월 보름날 밤도 아닌데 신神이 내 신을 신고 가버리는
통에 하는 수 없이 밑이 닳은 신을 신은 날
마을 제방 부근에서 흙을 파는 개를 보았다
틀림없이 그 개였다 매우 열중했는지 지척에서도 나를
알아채지 못하였는데
갑자기 홱 고개를 들어 나를 노려봤다 내가 놀란 것은
흙을 파는 개가 그 개였기 때문이 아니라
짚 인형을 물고 있어서였다

팔다리가 갈기갈기 찢겨 간당간당하게 뜯어질 듯한 머리통만 몸통에 겨우 매달린 짚 인형을 물고
가만 나를 주시하다가
언제부턴가 사라지지 않는 언덕 어귀의 안개 속으로 걸어 들어갔다

그 후로

작은 다리 위 그리고 마을에서 제일 큰 기와집 앞 그리고 곡물 창고 근처에서 그 개를 보았고
우연이라기보다는
그 개가 나를
기다린 것처럼 보였다

우리 마을에는 개를 5년 넘게 키우면 악귀가 되어 그 주인에게 위해를 가한다거나
개가 담 위로 올라가서 입을 길게 벌리고 마주한 쪽 집

에는 흉사가 온다거나

개가 아궁이 앞의 흙을 파면 가족 중에 불행이 있다거나

개가 문 앞의 흙을 파면 그 집 주인이 죽는다는 속설이
있어

4년째가 되는 해에 손님을 들여 개와 선물을 같이 쥐여
주곤 이곳으로부터 멀리 떠나보내는 것이다

여태 나는 머리 검은 짐승 머리 검지 않은 짐승 어느 쪽
도 거두어 키워본 적 없다

설은 설이라고 생각하지만

생업生業으로 인해 잠시 마을을 떠났다가 돌아가는 이
런 날

우리를 옭아매는 것에 대해

나를 옭아매는 것에 대해

떠올리며 단단히 얽혀 있는 삼노끈을 매만지곤 한다

불빛 사이로

유난히 밤안개가 짙어 헛것을 보았나 했는데

그 개가
우리 마을 입구ㅅㅁ를 파고 있다

신경쇠약 직전의 소설가

인생은 알 수 없음입니다 소설 속 인물이어도 예외는
없습니다

타자기를 두드리는 동안에는 이상할 정도로 빈번히 이
가 아픕니다 저도 모르게 허공을 깨무는가 봅니다

환기를 하는 게 좋겠어요
화자가 충동적으로 버스에 몸을 실은 장면에서 한동안
나아가지 않으므로 창을 열어 눈을 좀 돌리기로 합니다

많은 차가 오가는 사차선 도로가 있고 도로 옆에는 놀
이터가 있습니다 여러 아이가 있습니다 여러 어른과 함께
있습니다

눈물이 흐릅니다 감정 때문이 아니고

총천연색으로 가득한 세계를 바라볼 때는 안구가 건조
해져서 그렇습니다

미세먼지가 많은 날이기도 합니다

인공 눈물을 넣고
타자기를 두드려봅니다 아직 화자는 맨 뒷좌석에 앉아
버스가 이끄는 대로 끌려가고만 있습니다

어디서 내려야 할지…… 알 수 없음입니다

윗집에서 피아노 소리가 내려옵니다 타건음과 묘하게
겹칩니다 화자가 탄 버스의 하차 벨 소리가 피아노 소리로
바뀌어버립니다
이번 정류장에 정차하지 않고 지나갑니다

윗집이 궁금합니다
얼굴이나 한번 보고 싶은데 얼굴을 보고 싶지가 않습니다

요즘 유독 자주 입 안이 헐곤 합니다

식사할 때 빼고는 입을 열 일이 없어서일까요 솔직히 속이 비어도 문제가 없습니다 굳이 입을 열어서 뭘 집어넣기가 싫습니다

화자가 먹으면 나도 먹은 기분이 듭니다

다리를 꼬다가 플라스틱 조각을 밟았습니다 어디서 떨어져 나왔는지 모르겠습니다 적잖이 쓰라립니다 제가 아파한다고 해서 화자가 아파하지는 않습니다

화자에게는 화자의 인생이 있습니다

소설 속에서 과속방지턱을 넘는 순간 제 관자놀이가 저립니다 저는 화자의 멀미를 하고 있습니다

도로에 줄지어 선 가로등이 밝아집니다 시민이 많습니다 뉴스에서 오늘이나 내일은 빨간 날이라고 했을 겁니다

오늘과 내일 둘 다 일 수도 있습니다

빨간 날에는
저의 이야기도 잠시 쉬어갔으면 하는데

그런 걸 결정하는 건 제가 아닙니다

버스는 멈추지 않습니다 화자는 내리지 않습니다 구를
벗어납니다 아무래도 화자는 시를 벗어나길 기다리는 모
양입니다

구역질이 납니다 먹은 것도 없는데…… 토할 것 같습니다

타자기를 두드리지 않아도 소설은 계속됩니다 화자는
백팩을 소중하게 꼭 안고 있습니다 안에는 날붙이를 포함
한 여러 물건이 있지만 제가 전부 알지는 못합니다 화자는
자신이 저지른 짓을 후회하고 있을지 이 난관을 극복하려

할지 그것도 확실히 알지 못합니다

　결말을 향해갑니다 화자는 버스에 몸을 맡기고 있고 저
또한 뒷좌석과 한 몸이 된 지 꽤 되었습니다

　마지막은 정해져 있습니다
　인생의 마지막이라는 뜻은 아닙니다

　어느새 꺼진 화면을 넘겨보는 중입니다 자리에서 일어
나야 하는데 제게는 저를 돌볼 여력이 없습니다

항상성

금을 밟으면 안 돼. 금은 밟으면 안 돼. 횡단보도에선 하얗게 칠한 부분을 피해서 가야 돼. 금을 밟으면 여기까지 온 게 모조리 물거품이 돼. 늦기 전에 가야 돼. 그 아이처럼. 금을 밟으면 안 돼. 금 밖으로 나가면 안 돼. 엄마를 찾던 그 아이처럼. 금 안에서 금 안으로 가야 돼. 금을 밟으면 안 돼. 금을 따라서 가야 돼. 금을 밟으면 처음부터 다시 해야 돼. 금을 밟으면 안 돼. 금이 끊어지면 보이지 않는 금을 긋고 가야 돼. 그 아이를 따라가면 안 돼. 금을 따라가야 돼.

볼 수 있는 사례와 볼 수 없는 사례

　탐정의 사무실 소파에 앉아 나는 한동안 말을 잇지 못했으나 탐정은 경청할 자세를 유지하려는 듯 내 쪽으로 몸을 기울이고 있었습니다.
　그러니까 미래를,

　미래를 찾아달라고 했습니다.
　잠시 골몰하던 탐정은 무작정 뒤를 쫓을 순 없다고 강조했습니다. 악용의 소지가 있다고요. 혈연이라면 증명할 만한 인물이, 지인이라면 사진과 메시지 내역 등 관계도를 엿볼 만한 자료가, 그도 아니라면 제법 많은 양의 서류가 필요해질 거라는 얘기였습니다.

　미래는 제게,
　뜸을 들이려고 한 것은 아니지만 거기서 말문이 막혔습니다.
　가까운 사이 먼 사이로 재는 게 불가능했기 때문입니다. 미래는 내게 언니 같기도 형 같기도 동생 같기도 했고, 반려동물 같기도 했으며, 정말 비밀이 없는 또 다른 나 같기도 했으니까요.

서로 닮지 않은 쌍둥이와 비슷합니다.

비슷하다니, 그런 모호함은 수사에 도움이 되지 않는다고 탐정이 고개를 저었습니다. 그러나 이내 펜을 든 왼손으로 주먹을 꽉 쥐고선 한번 찾아보자고 했습니다. 의뢰비는 나중에 청구하겠다고요.

시기를 특정하는 게 중요하다 합니다. 언제부터인지 떠올려봅니다.
미래가 보이지 않게 된 건 스물다섯이에요. 정확하게는 스물다섯 겨울에서 스물여섯 봄
그쯤이에요.

말하면서도 확신이 없었습니다. 스물에도 미래는 가끔 잠수를 탔고 스물아홉에도 잠깐 마주친 적이 있어서요. 그러나 미래 없이 살아왔다는 감각을 뜻하는 거라면 틀리진

않겠죠.

다음에는 나의 생애를 늘여놓으라고 합니다. 미래와 무관하게요.

나는 나의 이야기를 하기 시작했습니다.

열둘까지 레고를 갖고 놀았던 일과 열여섯에 의료사고 후유증으로 휴학했던 일과 사회의 쓴맛을 보고 말았던 스물일곱의 일 그리고 연락처에 선뜻 전화를 걸 수 없는 번호가 많아진 서른여덟의 일 따위를요.
말하지 않은 일은······ 말하고 싶지 않습니다.

상념에 빠질 틈도 없이, 탐정이 내게 질문했습니다. 이제와 미래가 간절해졌냐고, 왜 전에는 공들여 찾으려는 노력을 하지 않았느냐고요.
나는 대답했습니다.
영영 나를 떠난 건 아니라 생각했다고 말입니다.

무언갈 기록하던 노트를 덮어두고 탐정은 창가에 서서 지나가는 모든 한때를 바라보았습니다. 엄숙한 분위기가 조성되어 긴 셔츠 소매의 마찰이 크게 들리는 기분이었습니다. 시선을 창에 고정한 채 탐정이 입을 열었습니다.

당신과 미래는,

유리에 지문을 묻힌 후 탐정은 정정했습니다.

당신의 미래는 당신을 위해 최선의 행동을 한 겁니다.

아마 나는 영문을 모르겠다는 표정을 짓고 있지 않았을까요. 여유롭게 식어가는 찻잔과 가라앉는 배경의 노을조차 마음에 안 들었던 것 같고요. 감정이 격해지려는 찰나 탐정은 뒤도 돌아보지 않고 덧붙였습니다.

당신이 오기 전에 그 소파는 빈 소파가 아니었다는 이

야기입니다.

그 이야기가 무섭게 나는 뒤를 돌아보았습니다. 어쩌면, 설마, 사실은,
그렇습니다. 미래가 나를 떠났다고 믿었는데요.

탁상 위의 거울에
전보다 늙고 추악하지만 울음을 참을 줄도 아는
나 같은 게
있습니다.

12시

집은 고요하고 집 안에는 아무도 없다

                샤워기에서 쏟아지는 물줄기

정수리에서 발끝으로 하강하는 액체와

            수챗구멍으로 빨려 들어가는 이별의 징후

물을 맞으며 한때의 감상에 빠지고

   어깻죽지에 붙은 내 것보다 긴 내 것이 아닌 머리카락

물줄기가 빗줄기로 바뀌는 사이

            빠져나가지 못한 물들이 발등까지 차오르고

맑은 하늘이 이어질 거라고 했는데

빗소리가 들려오고

빗소리가 들려오고

티브이 노이즈가 커지고

수증기가 덮인 거울에는
나로부터 해방된 그림자가
건너의 세계에서 뒤통수를 대고 있다

이건 누구 머리카락이지 왜 자꾸 내 몸에 있는 거지

너와의 포옹은 오래전 일인데

기억 속 너의 머리카락보다 두 뼘은 길고

그날로부터 내 살갗에 남아 자란 게 아니라면

　　　　　　　　　　　　　　있을 수 없는 일

있을 수 없는 일은 아니지
이치마츠 인형의 머리가 자랄 수 있듯
나에 대한 너의 마음이 일방적으로 흘러왔다면

　　　　　　　　　　　　　　있을 수 있는 일

발목에서 찰랑거리는 물을 빼내려고
수챗구멍 마개를 들어 올리자

　　　　　　　　　　　길고 짧은 온갖 실이 엉켜

있다
이 집에는 이 욕실에는
나 혼자 있는데

　　　　　　　　　　　　혼자가 아닌 것 같아

거기 있니
물으면

                                   응 거기 있어

정말 대답이 돌아올지 몰라
입을 다물게 된다

                         물을 털어내고

마른 수건이 아니게 되고

          문밖에서 아득하게 번지는 물 떨어지는 소리

이대로 문을 열어도 될까
빗소리는 그치지 않고

거울에 남은 인영人影이 닦이지 않는

자정 혹은 정오

종언

죽은 사람 소원도 들어준다는데 네 소원은 들어주기 어려워, 내 소원은 네가 죽었으면 하는 것, 내 소원에 따라 네가 죽으면, 죽은 사람인 네 소원을 들어줄 마음도 생기겠지만

영감이 없는 내가 죽은 사람을 볼 수는 없어, 가는귀가 어두운 내가 죽은 사람의 목소리를 들을 수는 없어, 영혼만 남은 네가 내 발목을 붙잡는다고 해도, 죽은 너의 언어를 내가 죽기 전에는 이해하지 못할 텐데, 진실로 그래도 좋다면

부탁이니까 먼저 가줘, 힘들어 죽겠다고 말만 하던 네 입이 아니라 남의 입을 통해서, 네가 죽었다고, 혹은 너를 죽였다고, 듣는 게 나의 소원

그리되면 그제야 살아생전 내게 바라던 네 소원의 내용이 궁금해지겠지만, 내가 들어줄 수 있는 너의 소원이 정말 뭐였을까 남은 평생을 짐작하고 그려보겠지만

괜찮아, 남은 삶에 있어 풀리지 않는 의문은 그것만이 아닐 테니까, 살아서도 죽어서도 너와 내가 다시 만날 일은 없을 테니까, 네가 지옥엘 가든 천국엘 가든

나는 네가 가지 않은 곳으로 갈 거야

작야흉몽벽서대길 昨夜凶夢壁書大吉 ↴

별이 있어야 할 자리에 고양이 눈이 박혀 아름다운 밤이었습니다. 빛나는 눈알들이 우리의 공원을 밝혀주었습니다.

우리의 공원에는 독각귀獨脚鬼를 본뜬 목상이 있었습니다. 목상 앞에는 당신이 있었습니다. 당신이 기다리고 있었습니다.

당신은 나를 반기지 않았습니다.
아무래도 당신은 나 말고 다른 이를 기다린 모양이었습니다. 그가 약속을 어긴 듯 보였습니다. 당신은 그를 더는 기다리지 않고 나와 어울려 시간을 보냈습니다.

우리의 공원에는 가족 단위의 생물이 많았습니다. 새도 그랬고, 사람도 그랬습니다. 우리의 공원 어디에나 있었습니다. 날이 많이 춥다며 당신이 내 손을 잡았습니다.

당신의 손이 날보다 차가웠습니다. 차갑다 못해 얼어버

릴 것 같았습니다. 내 손이 부서져 떨어질 것 같았습니다.

그래도 내 쪽에서 손을 놓는 일은 없었습니다.
우리의 공원에서 나와 시선을 맞추는 것은 고양이 눈과 당신뿐이었습니다. 고양이 눈을 피할 수 없는 우리의 공원에서 당신의 손을 잡고 당신이 이끄는 대로 당신을 따라 걸었습니다.

당신은 아무 말이 없었습니다. 걸음마다 낙엽이 밟혀 잘게 부서졌습니다. 그것 외에는 들리지 않았습니다. 나는 말을 잃었습니다. 외로움보다는 차가움이 견딜 만해서 여전히 손은 놓지 않았습니다.

잠시 고양이 눈을 보려고 했는데 목상을 보고 말았습니다. 나무로 된 독각귀는 내가 볼 때만 움직였습니다.
독각귀가 제 살을 깎아 먹고 있었습니다. 가슴부터 귓불까지 먹으면서 줄어들고 있었습니다.

당신을 잡고 있다는 감각이 무뎌졌습니다.

당신의 손에 잡혀 있는 건 독각귀의 손인 것 같았습니다. 독각귀로부터 빌려온 손을 쓰는 것 같았습니다. 더 이상 내게는 손이 없었습니다.

고개를 숙였습니다. 찰나였습니다.

당신이 나를 두고 먼저 갔습니다.

낙엽이 다 부서져 있었으므로 당신이 간 곳을 짐작하기 어려웠습니다. 내가 사랑하는 사람은 나를 사랑하지 않는 사람이었습니다. 처음으로 돌아가 당신을 만났던 곳에서 기다리기로 했습니다.

우리의 공원에 나는 언제나 있었습니다. 시간에 온몸이 조금 굳었을 뿐이었습니다. 고양이 눈만이 알아챌 수 있는 속도로 몸이 움직여졌습니다.

한참이 지나 당신이 왔습니다. 처음 만난 날과 같이 추

위에 떨며 입김을 양손에 불고 있었습니다.

당신은 나를 등지고 어떤 이를 기다렸습니다.

우리의 공원에서 당신과 나는 그렇게 가까웠습니다.

좋은 꿈이었습니다. 그러나 좋지만은…… 않은 꿈이었습니다.

당신이 기다리는 이를 나도 함께 기다리다가 먼저 일어나고 말았습니다. 백날 말라 있던 손금에 물기가 가득했습니다. 옷이 다 축축해져 있었습니다.

☾ 昨夜凶夢壁書大吉: "지난밤에 꾼 꿈이 흉흉하나 벽에 쓴 이 글로 상서로워지리라."

악마는 디테일에 있다, 신은 더 작은 디테일에 있다

안경을 쓰면 잘 보인다 안경을 쓰고 있으면 악필인 너의 문장이 못 쓴 것으로 잘 읽힌다

렌즈 너머로 보이는 세상은 소름 끼치도록 맑다

공포 영화를 볼 때는 맨눈이 편하다 끔찍한 장면에서는 언제나 눈을 돌리고 싶다 돌리는 틈에 잔상이 각인된다 흐릿하나 분명하게 남아 있다

범인이나 귀신은 화면 속에 있겠지만

내 앞에는 네가 있다

"우리는 모델을 우리가 아는 대로가 아닌
우리가 보는 그대로 그려야 한다."

필연적으로 네가 운다 너의 눈 속에서 시계가 돌아간다 눈 밖에 난 귀신이 너의 비밀을 엿듣는다

안경을 쓰면 너무 잘 보인다 눈물점이 마르지 않은 것도 복이 들어오는 귀를 가진 것도 흰머리가 난 것도 마음이 뜬 것도 다 보인다

보이지 말아야 하는데 보인다

"단순히 보이는 그대로 표현한다는 것이 바로 가장 어려운 것이다."

영화가 끝나자 시야는 어둡고 도시는 부분적으로 까맣다 어둠이 일제히 몰려오려다 만다 네가 편지에 쓴 문장을 간단히 알아보기 위해서

한국어 사전을 펼친다

너를 이해하려 한다

눈을 감으면 내 옆에 네가 계속 있을 것 같다

"그러기 위해서는 오로지 우리가 상대에 대해 알고 있다고 생각하는 것을 모두 잊어버려야 한다."

나쁜 시력으로도 나는 미래를 조금 볼 줄 안다

너를 보면 볼수록

눈앞이 흐려지는 것은 어쩔 수가 없다

ᴗ "   ": 알베르토 자코메티.

역치

세 치 혀를 잘못 놀리면 한 치 앞도 못 보게 된다는 신의
경고를 무시하고

너만 알고 있어 다른 데서 말하지 마

그렇게 말한 게 실수

널 믿었는데

걔가 나를 보는 표정에 깜깜해지고

누가 누굴 믿었던 건지

믿을 수 없지만

이번 여름에는

전국에 비가 온다고 한다

백색도시

더플코트 단추를 걸어 잠그며 탐정은 본다 온갖 군상이 가득하고 사건과 사연으로 점철된 이 도시를

빵 굽는 냄새와 항구로부터 날아든 특유의 짠내와 올드 카의 매연이 공기 맛을 달콤쌉쌀하게 버무린다

아일랜드인 아이가 찬 칠이 다 벗겨진 축구공이 감기약 광고 전단지를 밟고 지나간다

펼치지 않은 장우산을 지팡이로 활용하며
탐정은 산책을 계속한다 금요일 오후 1시 17분에는 사람이 많군 탐정은 현실도피를 이어나간다

애비뉴마다 축축한 비 냄새가 올라오고 우중충한 먹구름의 색을 첨탑이 주사기처럼 빨아들이고

올 것처럼 오지 않는 비와
멜랑콜리한

주머니 속의 한껏 구겨진 영수증

　　다이너 입간판이 놓인 바로 저 자리에서 빨간 장화가 발견된 적이 있다 장화엔 잘린 발목이 담겨 있었고 알리바이 없는 용의자가 너무 많아서 미제 사건으로 남을 뻔했으나
　　원한보다 날씨에 초점을 맞추자 실마리가 술술 풀렸다 햇빛 알레르기가 심한 화학연구원의 범행이었다 피해자는 한 명으로 그치지 않았다 끔찍하게도 〈빨간 장화 사건〉은 검거 두 해 전부터 이미 수차례 실행되었던 것이다 한동안 이곳은 통행금지구역으로 지정되었으나
　　수백 번 비가 퍼붓고 난 뒤
　　와인과 수프가 끓고 상인들이 분주한 자리가 되었다

　　제법 오래 거주했음에도 탐정은 가끔 자신이 이방인 아니 외계인이라고 느낀다 탐정으로서 아무 일도 하지 않아도 도시엔 아무 영향이 없지 않을까
　　그런 생각으로

0　　　47

8번가 코너를 도니

붉은 벽돌담이 어깨 높이로 이어져 있다 중간쯤에 위치
한 고서점은 돌담길 어느 편으로도 드나들 수 있게

양방향으로 열려 있다

수십 년째 비슷한 인구가 유지되는 이 도시는 여행자에
게 제법 우호적이다 발전이 더딘 데서 오는 고풍스러움이

깨지지 않도록

시민들은 한마음으로 미소를 짓는다

달콤하고 씁쓸한…… 맛을 탐정은 위스키가 든 초콜릿
에서도 차가운 커피에서도 느껴본 적 없어 소설 속의 표현
이라고만 치부했지만

동판에 비친

쓴웃음…… 그것으로 이해했다

그대로 돌아가려던 탐정은 길을 잘못 들어 성당 입구를
마주하게 된다 단지 하나의 건물일 뿐 탐정은 별다른 감정

없이 장우산 끝으로 바닥을 툭툭 치며 걸음을 옮긴다 근래
에 한 번도 비가 내린 적이 없는데

　　눅진한 비 냄새가 집집이 묻어 있고 굴뚝에서 피어오르
는 연기가 구름까지 닿아 연결되어 있다 천지를 분간할 수
없게

모든 밤은 겨울의 밤

라는 편의점 앞 푸른 플라스틱 의자에 앉아 육포를 씹으며 지독하게 질긴 새벽을 견디고 있다 새벽을 견디는 일은

오래 쓴 티백에 더운물을 붓는 일이라

공기에 약간 쓴맛이 감돈다 가로등 빛과 가로등 빛을 배달 오토바이가 건너뛰어 오간다 라에게 오는 것은

지난 이야기

지난 이야기의 편린뿐이다 세월이 흘러 미지근해진 지난 이야기에는 녹지 않는 앙금이 있어 이따금 목이 메이게 한다

그에게 왜 전화했을까 왜 그런 말을 했을까

잘 끊어지지 않는 육포를 혀 위에 두고 연하게 만드는 동안 읽지 않은 문자가 쌓여 있다 담벼락 벽돌 같은 경량

패딩이
　밤공기를 별로 막아주는 느낌은 안 들어서
　이 새벽에 작은 맥주캔이 식어가는 것을 라는 이해할
수가 없다

　일순간 쥐 죽은 듯이 고요해진다 상가에 빌라에 아무도
살지 않는 것처럼
　고요하다

　깜깜한 골목 저편에서 조금씩 발소리가 가까워지고

　어느덧 지난 이야기 같은 건
　까맣게 잊어버리고

　사람이 아니었으면 저게 차라리 사람이 아니었으면

　라는 이렇게 빌고 있다

난반사

죽을죄를 지었습니다 그가 고백했지만

그 죄의 내막을 나는 하나도 모르고요 어쨌든 그를 감
싸줄 용의는 내게 없어서

고개를 들지 못하는 그가 바닥을 향해 진심으로 뉘우치
며 울고 있을지 덤덤할지 비웃고 있을지 짜증을 내는지 여
기서는 보이지가 않습니다

왜 죽지는 않았을까요 죽어서 내 앞에 나타났다면

살아서는 밝힐 수 없는 사연이 있었는지 궁금하기라도
했을 텐데요 참을 수 없을 만큼

부끄러웠다거나

하기라도 했다면 성불하라고 말해주었겠지요 그러나
그는 죽지는 못하고

죽을죄를 지었다고

죽을 것 같은 얼굴로

살아 있습니다

알 수 없는 일은 그가 왜 이런 고해성사를 아무 연도 없
는 내게 하는지

누구에게 무슨 죄를 지었는지 나는 알 수가 없습니다
그는 그런 것은 말하지 않고

솔직히 이러는 것만으로도 나는 그를 더 이상 보고 싶
지가 않고

먼 훗날까지

그를 죄인으로 기억할 것입니다

단지

차양으로 365일 내내 그늘진 아파트 돌담 뒤편에는

운동장 한구석에서 가져온 한 움큼의 흙이 뿌려져 있고
그 어느 곳의 흙빛보다 어두워져 있음을 알 따름입니다

제이와 나

제이와 나는 소규모 공동체를 통해 격주에 한 번꼴로 만남을 갖습니다 공동체 내에서도 다과회를 갖는 또래 소모임이 따로 만들어졌는데

제이와 나는 자연스럽게 포함되어 있습니다

소모임은 화기애애하며

자매님 형제님 어느 한 사람이 근심과 걱정을 털어놓는다면 모두 딴짓을 그만두고 주의 깊게 들어줍니다 기쁨은 더하고 슬픔은 나눕니다

그리고 언제나 아쉬움을 지갑에 넣고 헤어지는 것입니다

제이와 나는 동갑이지만 완전히 말을 놓진 않습니다 예의를 지키며 교류를 이어나가기 위함입니다 선을 긋기보다는

제이와 나에겐 그럴 만한 계기가 없었을 뿐입니다

공동체 안에서

만남이 주선되기도 합니다 취업 또는 연애 문제 말입니

다 아는 사람이 아는 사람을 거치면 이 세상이 그리 좁을
수가 없고
　공감보다 큰 결속력을 지니게 됩니다

　평안한 어느 봄날
　다과회의 따뜻함에 젖어 나는 무모한 용기를 내고 말았
습니다 보물 상자에 자물쇠를 다는 일이나 다름없었습니
다 닫혀 있어야 비로소 열고 싶어지는 게 인간 심리인 것
을 알고는 있었습니다

　여러분한테만 털어놓는 건데요

　나는 나의 가장 내밀한 부분을 털어놓았습니다 가족에
게도 감춰왔던 과거를요 동정받고 싶었을까요 애매모호
합니다
　내게도 내 편이 있다는 것을 실감하길 바랐던 것 같습
니다

그날의 주인공은 내가 분명했습니다

눈물바다가 되었습니다 마지막 남은 쿠키를 제게 줬고요 그동안 얼마나 힘들었냐 우린 너와 함께다 모두 위로를 아끼지 않았습니다

제이는

가만히 있었습니다

제이와 나의 친밀감이 깊진 못해도

제이와 나는 남은 아닐진대

그렇다고 공동체에 대한 공동체에 포함된 제이에 대한 내 믿음에 균열이 생기지는 않았습니다 제이와 나 모두 우리의 소중한 일원입니다

이따금

나의 비밀이 만천하에 알려지는 악몽을 꿉니다 밀고자는 매번 다릅니다 제이였던 적은 없습니다 다만 제이만큼은 언제나

무표정해서

견딜 수가 없습니다

어디 가서 얘기하지 말라고 했는데

했을 겁니다 했어야 합니다 내가 제이에 대해 그랬듯이요

생장점

선생님은 화단의 흙을 한 줌씩 퍼가라고 했다. 아이들은 투덜대거나 장난치면서도 손에 가득 흙을 담았다. 손이 큰 아이들은 더 많은 흙을 손이 작은 아이들은 소량의 흙을 챙길 수 있었다. 선생님과 아이들에 의해 화단 구석엔 큰 구덩이가 생겨났다. 각자 손에 든 흙을 집까지 무사히 가져가라는 숙제가 주어졌다. 남는 화분에 넣든 변기에 버리든 집에 가져가서 해결하라고 했다. 아이들은 투덜댔다. 그래도 선생님 말씀은 잘 들어야지. 볕이 잘 드는 곳에서 조금씩 가벼워지는 한 줌의 흙을 쥐고 있었다.

그날 이후 아이들은 한 명도 빠짐없이 지각도 결석도 하지 않았다. 부모들이 보기에 그건 흙으로부터 놀라운 교훈을 얻은 것 같았다. 졸업식 날 칠판 앞에 선생님과 아이들이 모여 사진을 찍었다. 기념사진을 두고 삼삼오오 짝을 지어나갔다. 아이들은 마흔두 명. 책걸상은 마흔세 개. 창가 쪽 분단 끝에는 만져야 알 만큼 작게 홈이 난 책걸상이 있었다. 화단의 일부 꽃들은 그해부터 비정상적인 속도로 자라나기 시작했다.

단 하나의 곡조

질문이 많았습니다. 내게 하나하나 답은 해주었으나 탐정의 대답에는 일정한 공백이 있었습니다. 혼이 빠진 느낌이었습니다. 탐정은

귓가를 맴도는 곡조에 사로잡혀 있었습니다.

어린 시절에 들었던 곡조라고 합니다.

문방구의 노이즈 가득한 라디오에서 흘러나왔다고 했습니다. 별거 아닌 곡조였답니다. 그 하루 자체도 평범한 추억의 한 페이지가 될 것이었고요. 대수롭지 않게 넘긴 이유였다는데요.

별거 아닌 곡조는 귓가를 맴도는 곡조가 되었습니다.

탐정은 혼을 뺏겼다고 표현했습니다.

탐정은 마음이 여기 없는 사람처럼 말했습니다.

귓가를 맴도는 곡조는 수시로 찾아왔답니다. 신호등 앞에서도 시험 중에도 불쑥 찾아왔답니다. 곡조에 무슨 악의가 있었겠냐마는

탐정에게는 누가 심어둔 악의라고 느끼기에 충분했습니다.

정확한 곡명 또한 알아내지 못했기에
그게 탐정의 혼을 더 돌아올 수 없게 했습니다. 음음음음. 일부러 탐정은 밖으로 소리를 내고 다녔습니다. 다들 잘은 모르겠다고 했습니다. 어디서 들어본 것 같은데 낯이 익은데
귓가를 맴도는 곡조와는 연결되지 않는다고 했습니다.

곡조 때문에
맥락을 놓치기 일쑤였답니다. 타인의 사연에 공감하기 힘들었다고 합니다. 곡조는 탐정이 혼을 온전히 소유하지 못하게 만들었습니다.

곡조에 대해
털어놓는 이 순간에도 탐정의 혼은 여기 없다고 합니다.

내가 도움이 될 수 있을까요.

탐정이 풀지 못하는 문제를 의외로 내가 쉽게 해결할 수도 있을 겁니다. 미지를 쫓는 게 아니니까요. 탐정이 허밍을 해주었습니다.

잠시간 적막이 감돌았습니다.

방금 들은 곡조를 속으로 반복했습니다. 들었던 것 같은데. 살면서 들었던 어느 것들과 비슷한 것 같은데. 몇 개의 곡을 떠올렸지만 유사하기만 하고 아주 같지는 않았습니다.

그러다

탐정의 혼과 더불어 나의 혼까지 빠져나가고 말았습니다.

귓가를 맴도는 곡조가 내게도 옮아버린 겁니다. 곡조에 팔려버린 맨정신을 되찾을 수가 없게 되었습니다.

질문이 많았는데 질문이 있었을 텐데 잊어버렸습니다. 잊은 것 외에도 잃어버린 것이 있었습니다.

일단은 돌아가라고 탐정이 권했습니다. 나는 긍정했습니다. 귓가를 맴도는 곡조에 마음은 거의 빼앗기지 않았습니다만

내가 불행해졌다고 해서 당신이 덜 불행해진 것은 아닙니다.

이제는 타인의 말에 귀 기울여줄 자신이 없습니다. 부끄럽지만 그건 나의 의지와 무관하게 되었습니다.

까마귀 떼가 몰려온다

토리이˪로 들어간다 토리이 너머에는 신을 위한 사당
이 있다

토리이는
인간계와 신계를 나누는 경계라고 하는데

나는 토리이 안쪽에서도 너에 대한 인간적인 연민을 버
리지 못한다 너는 죽을 날이 가깝다고 느끼고 있다

강산이 열 번은 변한 다음일지
당장 내일일지 모르면서

너는 너를 애도하려고 한다 안타깝지만 내게는 너를 위
로할 능력이 없다 여우 석상처럼

자갈밭에 서서 너를 기다려줄 수는 있다

네가 관람을 마칠 때까지

너의 여행이 유의미해질 때까지

기모노를 입은 현지인들이 오고 간다 너는 교토에 오길
바랐던 게 아닐 것이다 너는 나와 오든 다른 사람과 오든
아무래도 좋았을 것이다

신은
신계에도 없는 것 같은데

너는 당분간 돌아갈 생각이 없는 듯하다 나는 오늘은
죽을 리가 없는 너를 기다리고 있다

너를 향해 몸을 돌리면

어느 쪽에 있어도
나는 토리이 바깥에 있었다

⌐ ⛩, 일본에서 신성한 곳이 시작됨을 알리는 관문으로 흔히 신사 앞에서 볼 수 있다.

구룡채성

다들 내가 버려졌다고 해. 대체 누구로부터? 부모? 친구? 애인? 아니면 신?

맘대로 지껄여.
어차피 버림받기 전부터 밑바닥이었어.

밑바닥이라는 게 끝은 아니야. 끝을 어떻게 알아. 끝까지 가본 새끼가 있기는 하냐고. 이딴 내 인생만 해도
끝을 모르고 떨어지고 있는데 말이야.
그래도

솔직히 몸을 던지긴 싫었어.
대신 뭐라도 떨어뜨리고 싶었어.

진짜 하필 거기에 깨진 컵이 있었던 거지.
있었던 거야.

심지어 이곳은 아주 좁고 인적이 아예 없는 곳이거든.

쓰레기들도 진짜 쓰레기만 내놓는 데야. 생물이라곤 바퀴벌레밖에 없을걸.

처지는 나보다 벌레들이 낫겠지.

난 벌레만도 못하고. 그치.

태생적으로 남들을 잘 못 믿어. 뺏길 것도 없는데 그래. 나도 뺏지는 않아. 주워서 쓰지. 남들이 안 쓰는 거면 내가 써. 근데 곱게 안 주고 던지는 애들이 있어.

목숨을 하나 더 가진 것도 아니면서.

꼭 그런 것처럼 사는 애들이 있어.

발이나마 붙이고 지내니까 다행이야. 나 하나쯤은 있어도 있는 줄 모를걸? 널리고 널린 게 나보다 약간 나은 애들이라 그래.

나 같은 애는 나밖에 없겠지.

편하지 않아도 됐어.

세상에 편한 게 있나. 딱히 갈 데도 없단 말야. 아침부터 움직이면 먹고살 만해. 나름 사회에 기여를 안 하는 건 아니거든.

기여가 안 될 수는 있겠지만.

부귀영화까진 바라지 않아.

부귀와 영화가 뭔데. 여기에도 높은 곳이 있기는 해. 근데. 바닥의 위나 바닥의 아래나. 무슨 차인데. 난 그냥. 떨어져도 그만. 덜 떨어져도 그만이야. 매일 머리가 무거워지는 거 보니

착실하게 떨어지고 있는 건 맞는 모양인데. 진짜 끝이 없네. 끝이 없어.

그러니까 넌 어때? 이제 좀 일어나봐.

누가 오기 전에 좀.

그러니까 뭔 생각이라는 게 있었겠어. 몸을 던질 순 없었고. 깨진 컵이 있었다니까.

원한이 있으면 억울하지라도 않겠다. 난 진짜 너 같은

거 본 적도 없어. 나 같은 건 내가 맨날 보지만. 넌 아냐. 어떻게 아무한테도 안 들키고 여기까지 와서 이렇게 된 거야? 이게 끝은 아니지? 이게 끝은 아닐 거야. 넌 끝이라도 난 끝이 아니잖아. 너처럼 돼도 그게 끝이 아닌 거 같은데.

뭐가 됐든 이대로 일어나지 못한다고 해도

네 인생을 망친 건 내가 아니야. 네가 스스로 널 버린 거야. 먼저 갔다고 생각하지 마. 나도 거의 다 간 거 같으니까.

역사

  손이 발이 되도록 빌었더니 손이 발이 되었습니다 지금
부터는 네 발 달린 짐승으로
  사랑을 해야 합니다

이제는 두 발로 서 있기보다
네 발로 엎드리는 일이 편합니다
다만 그때
너의 표정을 볼 수 없음이 유감입니다

주방에서 탄내가 납니다
타고 있습니다

손이 없으니
내가 가도
불을 끌 수 없습니다

손이 없어서
너의

바짓가랑이를 물고 늘어지는 것입니다

탄내에 이어
먹구름이 밀려옵니다

손이 발이 되어도
네게 비는 것은
나의 정성이 부족하기 때문입니다

발이 굽이 되도록 빌겠습니다 굽이 떨어져 나가고 발
디딜 데가 사라질 때까지
나의 마음을 갖다 바치겠습니다

다가오는 열기가
머리를 조아리게 만듭니다

무슨 말을 해야 하는데
아무 말도 나오지 않습니다

이렇게 나란히
누워 있으니까

인간인 너와
인간이었던 내가
별반 다르지 않습니다

당신과 나의 안녕

일요일 주말입니다 방에 있으면 잠이 잘 오고 당신은 교회로 갑니다 나를 위해서

기도한다고 합니다 건강한 미래를 빌고 성공한 미래를 빈다고 합니다 그렇다면 미래의 건강과도 귀결되겠군요 미래의 성공을

방에 누워 기다려도 되는 모양입니다 당신은 항상 나를 걱정합니다 나의 외출에도 참견합니다 영하에는 두꺼운 패딩만 입지 말고 얇은 옷에

얇은 옷을 겹겹이 껴입으라고 합니다 그래야 날씨의 변화에 민감하고 유연하게 대처할 수 있다고요 당신 말을 들어도

환절기마다 나는 감기에 듭니다 오늘은 그러나 주말입니다 나의 안녕을 바라는 당신이니 집이 나를 지키는 이런 날은 안심이겠어요

이날의 건강을 위해

지난달에는 종합병원에 갔습니다 정기적으로 찾는 내
과가 있고 주치의 이전에 다른 의사들을 만나야 합니다

채혈실에서는 혈관을 통해 정해진 만큼의 피를 뽑습니
다 나의 피에 채혈사가 라벨을 붙입니다 당신은 내가 흘린
피보다 더

어지러워합니다 방사선과에서 촬영하고 나면 주치의
를 보게 됩니다 당신이 동행합니다 주치의가 하는 쉽고 어
려운 말이

나에겐 만성입니다 그저 안고 가는 것입니다 당신은 내게
기도를 하라고 합니다 본인이 직접 해야 효과가 있다고요

미래를 건강하게 살아야 한다고 합니다 그리고 오늘은
주말입니다 주말 낮부터 악천후가 이어집니다 커튼 틈으

로 실내가 비쳐 보입니다 내가 잠옷을 입고

바깥에 있는 것처럼 보입니다 교회에서 아직 오지 않은
당신이 당신의 머플러를 챙겼는지 궁금합니다 예배가 끝
나지 않았다면 차라리

다행입니다
나의 안녕으로 당신이 무사하다면 그것도 좋겠습니다

새로운 한 주가 시작되려고 합니다 잠에 들면 나는 이
불을 자주 걷어찹니다 높은 빌딩에서 떨어지는 꿈을 많이
꿉니다 일어나면

내 몸 위에는 당신이 잘 덮어둔 이불이 있습니다 안부
를 전합니다 당신이 나를 앓고

나는 당신이 걱정입니다 세상이 어둡고 사납습니다만
예배당에서는 시간 가는 줄 모를 테니 말입니다

2부

피사체

지금 떠나면 죽어버리겠다고 네가 말했다

네가 죽는 것보다 네가 내 앞에서 죽는 게 겁나서

지금 말고 조금 있다가

떠났다

한 세기가 지난 뒤에도

너에 관한 목격담이 들려오곤 했다

미래세계

    세상이 무너진 기분이었어 단지 기분이 아니었어 정말 세상이 무너졌다는 걸

    엉망이 된 실내가 말해주었어 바닥부터 천장까지 진흙 묻은 발자국이 찍혀 있었어 파편 때문에 나도 단화를 신기로 했어 문을 닫고 싶어도

    닫을 문이 없었어 앞집도 마찬가지였어 서로의 모습을 숨길 수가 없게 되었어 상자가 필요했는데 뜯고 남은 택배 상자를 나눠줬어

    이웃 간의 정을 느낄 수가 있었어 천장에서 나무토막이 떨어져 내렸어 장롱이었던 것 책상이었던 것 아마도 그런 것이었겠지만

    장작의 용도밖에 남지 않게 되었어 가정에는 필요 없는 것만 쌓이고 있었어 정말 세상의 끝

세상의 끝이 올 줄 몰랐어 내가 죽고 이웃도 죽고 지상에 숨 쉬는 피조물이 없고 지옥이 따로 없고 그래도 세상은 죽다 살아날 것 같았어 그런데 정말

　세상이 무너지고 말았어 형광등 빛을 거부했던 귀신들이 튀어나와 무의미의 축제를 벌이기 시작했어 나도 껴서 놀았어 앞집에서

　혼잣말에 혼잣말로 답하는 식의 혼잣말 좀 그만하라고 했어

　어쩐지 앞집 이웃도 귀신처럼 느껴졌어 귀신이 아니라면 인류애가 사라질 것 같았어

　여기서 더 무너지기 전에 생활을 하고 싶었어 하나 생활에 쓸 만한 도구는 어딘가 나사가 하나씩 빠져 있었어

　귀신들은

옆집으로 갔어

세상에 나 혼자 남겨진 기분이었어 기분만 그런 거 아
니었어 정말 나

혼자만의 세상이었어

전으로 돌아갈 수 없다면 앞으로 더 좋은 세상이 만들
어진다고 해도 내겐 의미가 없었어

마음

그것은 봉제인형의 배 속에 들어 있어요
진짜로요

이렇게 말하면
엄마 아빠는 자상하게 제 머리를 쓰다듬어요

그것은 분명히 있지만
볼 수 없고 만질 수 없대요
다 갖고 있대요 제 안에도 있대요
틀려요
저에게는 없는걸요

명절에 찾아온 사촌 애한테도
없었어요

그것은 동그랗고 말랑말랑해요 연둣빛이고요
동화책을 덮기 전까진 갖고 놀아도 된다고
인형이 허락해줬어요

지난주엔 엄마가 마트에서 새 인형을 골라도 된다고 했
어요

틀려요 저는 인형을 싫어해요

인형에 든 그것을

좋아하는 거예요

할머니가 밤에 일찍 안 자고 인형이랑 무슨 얘기를 그
렇게 재밌게 하냐고 해요

인형이랑 어떻게 얘기를 해요

저는 인형의 그것과 얘기하는 거예요

봄방학을 하고 어느 날 인형 몰래 엄마 아빠 몰래 그것
을 삼켰어요

탐이 났어요

그것이 내 안에 있어

뛸 듯이 기뻤어요
이불을 뒤집어쓰고 킥킥댔어요

엄마 아빠에게도
그것을 자랑하고 싶었어요

인형에게 배운 대로 제 옆구리의 실밥을 풀었어요
안을 뒤적였어요

그것이 있어야 하는데
그것이 보이지가 않았어요

눈물이 났어요
보여주지 않으면
분명 그것이 있다고 해도 안 믿어줄 거잖아요

마스크 속의 입술처럼

빨간 벽돌집 아래 버려진 둥근 아날로그 벽시계를 집 안에 들였다. 반짝이고 멀쩡한 물건을 왜 버렸는지 이해하기 어려웠다. 우리 집에 잘 어울렸다.

우리 집에 초대했던 사람들은 모두 나와 멀어졌다. 벽시계는 액자가 있던 위치에 걸려 있었다. 벽시계의 시간은 멈추지 않았다. 햇빛도 물도 약도 없이 그랬다. 우리 집의 시간과 바깥의 시간은 다르게 흘렀다. 벽시계의 초침이 내가 보지 않을 땐 움직이지 않는 게 틀림없었다.

내가 아는 세상이 세상의 전부

무지개가 우물물에 비칠 때 머리를 빗으면 머리카락이
잘 자란다. 그러나 땅에서 그림자가 사라지기 전에 다 빗
지 못하면 요절夭折한다.
단지 항설이지만
항설로만 넘겨지지 않고

머리를 쓸어내리는 것도 빗는 것이나 다름없을까.

머리카락이 자라는 속도로
슬픔이 자라고

이제는 내려놓아야지

손에 쥔 돌을
뒤로 던지자

풍당
우물에 빠진다.

물속에 생물이 있든 없든 돌을 던지면 안 된다고 했는데 그러면 안 된다고 했는데

이미 돌은 던져졌다.

우물은 너무 깊고 내가 던진 돌은 다른 돌들과 섞여 있다. 다른 돌들처럼 물에 잠겨 있다. 돌들 틈에 내가 던진 돌이 있다.

너에게 가는 중이었나

너에게 갔다가 오는 중이었나

이제는 다 내려놓아야 한다는 기분만이

선명하다.

물속에 무심코 돌을 던져 넣으면 안 된다. 죽은 후 그 깊이만큼의 돌을 주워 올리지 않으면 구원받지 못한다.

이 또한 항설이지만

항설로는 넘겨지지 않고

죽은 후에는 손이 돌을 통과하지 않을까. 모래 한 알도
무거워서 못 들지 않을까.

머리카락이 자라는 것을 실감하지 못하는 동안
야음夜陰이 우물에 쏟아진다.

오래 숨이 붙어 있지 않아도 괜찮아
너와 같은 공기를 마시긴 싫으니까

이 얘기를 너에게 했거나
할 것이다.

유년기의 끝

기계장치의 힘을 빌리지 않아도 그를 지울 수 있지만 이번만은 기계장치의 힘을 빌리기로 한다

정사각형이며 투입구는 옆면에 배출구는 밑면에 있다 기계장치에는 고체 액체 기체 무엇이든 넣을 수 있다

반투명 아크릴판을 통해 드러나는 내부에는 왼쪽에서 오른쪽으로 작동하는 톱니가 있다 위에서 볼 때

시계 방향으로 돌아가는 것이다

기계장치에는 무엇을 넣어도 결과값이 없다 원본은 기계장치 안에서 모습을 잃어버린다 질량을 잃어버린다 그래서

우선 내가 기계장치에 넣은 건 그의 이름이다

빨간색으로 그의 이름을 적은 종이를 넣었다는 게 정확하겠다 체인이 움직였을 뿐 아무것도 나오지 않았다

그의 혀를 넣었다 금속으로 이루어진 전면부가 뜨거워졌을 뿐 아무것도 나오지 않았다

그의 무릎을 넣었다 배터리 잔량을 보여주는 표시등 색이 깜빡였을 뿐 아무것도 나오지 않았다

그의 손가락을 넣었다 덜컹거리는 진동이 일어났을 뿐

아무것도 나오지 않았다

　　그의 숨을 넣었다 나의 숨과 섞일까 봐 조심하면서 넣었다 전원이 깜빡였을 뿐 아무것도 나오지 않았다

　　그를 남김없이 넣었다

　　아무것도 나오지 않았다

　　기계장치 아래에 물이 있다 그건 아마 내가 엎지른 것이고 기계장치에서 나온 것이 아니다

제삼자

　고요한 밤 거룩한 밤 사각사각 샤프심이 노트에 머리를
짓찧는 밤 일생의 목표를 위해 오늘의 목표를 달성해야 합
니다 살짝 춥지만 그 정도는 감내해야 합니다 이 안엔 나
만 있는 게 아니어서

　배려가 중요합니다 지퍼를 열고 닫는 소리 용납할 수
있습니다 재채기 소리 용서할 수 있습니다 반복되는 한숨
은 거슬리지만 그 또한 두 번까지는 용인할 수 있습니다
예민하게

　반응하지 않으려고 합니다 남의 영역을 침범하지 않는
선에선 자유로울 권리가 있습니다 페이지를 부드럽게 넘
기는 나의 노력만큼은 모두 힘써주길 바랍니다 무시하려
해도 아까부터 칸막이 너머로

　아주 작은 중얼거림이 넘어옵니다 중얼거림은 괜찮지
만 쉬지도 않고 계속한다는 게 문제입니다 들쥐가 상자를
갉아 먹는 듯한 생손톱으로 칠판을 긁는 듯한 꾹꾹 눌러

튜브에 남은 공기를 빼는 듯한 사람의 손으로 사람의 목에 걸린 이물질을 빼내지 못하는 때에 길어지는 신음

　같기도 합니다 시험을 앞두고 간절히 기도를 올리다 방언이 터진 건지 시험 범위에 모조리 밑줄을 그으며 외우는지

　지독하게 지속됩니다 왠지 높은 음의 중얼거림으로 바뀐 것 같기도 합니다 고요함이 깨진 밤 거룩해야 하는 밤 지우개가 뻑뻑해서 쓴 글자의 흔적이 남아버린 밤 칸막이로 가려진 건너편에서

　자리마다 붙은 공지문을 상기하기를 바랍니다 나는 나의 규율과 깨어나면서부터 만든 나의 흐름을

　방해받고 싶지 않습니다 듣다 보니 조소 같기도 해서 불쾌합니다 나조차 배려를 잊고

　대여섯 번 심을 부러뜨렸을 무렵 소리가 멎었습니다 평

화가 찾아왔습니다 떠난 이가 영영 돌아오지 않기를 바랍
니다 막을 두고 알 수 있는 사실은

　눈에 보이지 않는 이가 싫어질 수도 있다는 것뿐입니다
나를 시험에 들게 하는 내면의 소리와 나를 흔드는 외부의
소리 어느 쪽에도 귀를 기울이고 싶지 않습니다 모두 정숙
해주시길 바랍니다

점심과 저녁 사이에

친구가 건넨 빵을 받아
먹었다

담백했다
담백한 밀가루 맛이 났다

친구는 내가 빵 먹는 모습을 웃는 얼굴로 지켜보았다

왜 그렇게
쳐다보는 거지

이 빵을 다 먹으면
무슨 일이 벌어지지

뱉으면 이상하게 볼까 봐
삼켰고

그때부터

모든 날을 불안에 떨어야 했다

아무리 많은 걸 내려놓아도

여행자에게는 짐이 많다. 여행이 길어질수록 어깨는 무거워지고 주머니는 가득해진다. 백사장에서 주운 조개껍데기 하나까지도 헝겊에 싸서 고이 간직하고 있다.

고갯길에서 여행자는 성황당城隍堂을 마주한다.

홍紅, 청靑, 황黃, 백白 색 천과 새끼줄이 묶인 전나무 아래 천연한 작위의 돌들이 탑을 이루고 있다. 층층이 쌓여 있지만 세밀하지는 않다. 오래전 정교하게 쌓인 탑을 누군가 무너뜨린 모양새라 해도 이상하지 않다.

여행 중인 자는 성황당에 반드시 돌 하나를 던지고 가든지 혹은 침을 뱉고 가지 않으면 행선지에서 불시의 재난을 당하는 일이 있다고 하는데

무덤처럼 보이기도 해서
사람의 무덤이라기보다는 액귀厄鬼의 무덤 같기도 해서

돌을 던질 수가 없다.

침을 뱉을 수가 없다.

그렇다고 이대로 성황당을 지나쳐 여행길에 오르면 안
된다고 여행자는 감각한다. 망설인다. 고민한다. 생각한
다. 지금이라도 등을 돌리고 본가로 돌아간다면 해를 입지
않을 수도 있다. 고갯길을 넘지 않았으니 성황당에 이르지
않았다고 할 수 있다.

훗날에 색색의 천은 그러나 떠오를 것이다. 널린 돌들
을 보며 돌탑을 떠올리고야 말 것이다. 혈관을 주삿바늘이
잘못 찌르고 들어온 때나 구두코에 돌부리가 걸릴 때는 더
더욱 그럴 것이다. 마음의 짐만 더해질 것이다.

작은 것 하나도 그냥 지나치지 못하는
여정이 계속되는 한
그 짐의 무거움에 발목이 잡힐 테고

동행인이 없으니 결정은 오롯이 여행자의 몫이다. 백사장에서 조개껍데기와 같이 주운 조약돌을 던지기로 여행자는 결심한다. 돌탑에 조약돌을 던지자 주위의 돌이 굴러 떨어지는데 그게

　무덤 밖으로
　신체의 일부가 나오려는 듯이 보이기도 해서

　넋을 달래는 마음으로 여행자는 서둘러 걸음을 옮긴다. 푸르름이 겹겹이 쌓여 어두움이 울창한 숲으로 간다. 멍이 든 것 같은 숲의 그늘로 들어간다.

TAXI DRIVER

내부로 가주세요. 밤이라 그쪽이 빠를 거예요. 모임이 있어서요. 네, 집이 가까운 것도 아닌데 잘 안 잡히더라고요. 젊은 사람들이, 네, 그런가요. 아뇨, 학생은 아니에요. 죄송한데 잠시만요. 어, 엄마. 지금 가고 있어. 삼십 분 정도면 도착해. 다들 오랜만에 만나다 보니 얘기가 길어져서. 응, 안 취했어. 그런 분위긴 아니었어서. 괜찮다니까. 응. 응. 네, 아, 저만한 자식이요. 네. 알아요 부모님들 마음. 그게, 다 이해한다는 게 아니구요. 여기서 네비 대로 가주시면 되는데. 이십오 년, 오래 하셨네요. 네, 저보다 잘 아시겠죠. 이쪽 길은 처음 봐서요. 제가 자주 다니던 루트는 아까 거기서 시내로 빠졌어야 하는데. 다들 거기로만 가주셨거든요. 네, 아뇨, 왠지 돌아가는 것 같아서. 아무튼 최대한 빨리 가주세요. 여긴 어디지. 저, 그냥 여기서 세워주세요. 괜찮아요. 알아서 갈게요. 아뇨. 알아서 한다고요. 잠깐만요. 저기요.

심연

작업실에서 새벽을 이해하고 있다

레몬차는 식어 단맛이 강하고
세공에 대해 고민하는 사이

작업실에서의 내가
조금 늙어버렸다는 것을 실감한다

완성품을 요구한 자는 이미 이 세상 사람이 아닌데

이 이미지를 끝내지 않으면 안 된다

공기청정기가 빠르게 돌아가고
새벽은
고민에 고민을 거듭하고 있다

작업실에서
시간 가는 줄 모르고 있다

이미지가 깨진다

깨진 이미지에

손가락을 베인다

새벽은 이상하게 길고

새벽은

그만두려는 생각을 그만둘 수 없게 한다

실감한다 작업실의

빈 책상 앞에서 허리가 굽어지고 있다는 것을

사춘기

꿈을 꾸다가 발이 잘린 그 애 말야 너도 소문으론 들었
을 거야

소란한 대낮이었대
바다에 잠겨 허우적대는 듯이 이따금 뒤척였다는데
꿈의 내용 때문이었는지는
그 애 자신도 몰라

구급차 사이렌이 창을 넘고 암막을 뚫고 피부를 찌른
탓에
눈을 비비며 상체를 들어 올렸다고 해

침대 옆으로 반쯤 걷어진 이불과 무릎까지 접힌 수면
바지와 침대 끝에 걸려 있는 발목과
이어지는 게 있어야 하는데
거기까지만 있었대
침대 끝이 절벽 끝인 것처럼
발목 아래로는 모조리 깊이를 알 수 없는 곳으로 추락

해버린 것처럼

날이 선 도구에 잘린 거라면
빨간 피가 침대보부터 벽지까지 더럽혀야 정상일 텐데
깨끗했대
원래 발목이 발의 끝인 것처럼 둥글고 매끈했다네
아프지도 않았고
있어야 할 게 없는데 아프지 않았고

여기까지가 꿈이구나
그 애는 생각했대 누구라도 그렇게 생각했을 거야

기다렸지만 시간이 흘러도 변하는 건 없었대

일어나 보았지만
바로 엎드리고 말았대
둥근 발목으로 설 수는 없었대

엉금엉금 기어 문지방을 넘어 거실로 갔대 거실에 다다
라서 목격한 건

멀쩡한 두 발을 달고도 일어나지 않는 그 애의 가족이
었다고 해

알 수 없는 이상기류가 흐르고 있으므로

열기구를 그와 탄다 높은 곳은 무섭다 그와 함께가 아
니라면 타지 않았을 것이다

올라간다

그가 아래를 보지 말고 멀리 보라고 한다

아래를 보면
지상으로부터 멀어지는 게 체감돼서 더 무섭다고 한다

멀리 본다

이 풍경이 너무 예쁘다는 그의 탄성이 이해되기도 하고
예쁘기만 한 것도 아니고

징그럽기도 하다

건물만 한 나무가 있다 나무만 한 건물이 있다 사람만

한 개미가 있다 개미만 한 사람이 있다
원근감을 잃어버리게 된다

자연이 펼쳐져 있다
무섭고 멋진 풍경이다

내려간다

불길은 여전하지만 충분한 시간이 지났으므로 지상을
향한다 그가 나를 안심시키려 애쓴다 지상까지는 거리가
있으므로

아직도

이 모든 에필로그가 나를 바라본다

건물이 많다
건물이 많고

옥상마다 검은 점이 찍혀 있다

TATTOO

피부 위로 닿는 계절에 대한 감각이 사라지고 한참이 지난 어느 날 사랑을 잡았다는 연락이 탐정으로부터 날아들었습니다.

기쁨에게도 슬픔에게도

곧장 소식을 전하지는 않았습니다. 그 아이들은 집이 먼 사랑의 친인척쯤 되기에, 그의 순수한 어린 시절만을 간직해주길 바랐습니다. 사회적인 물의를 일으켰다는 사실을 안다면 실망할 수도 있을 것이고 자칫 잘못하면

사랑의 편은 거의 남지 않을 테니까요.

탐정은 상기된 얼굴을 하고 있었습니다. 상자의 리본 끈을 풀기 직전 상태 같다고나 할까요. 속에 예쁜 것이든 놀라운 것이든 무엇이 들었는지 몰라 일단은 두근거리는 것처럼요.

나는 물었습니다. 사랑에 대한 심판이 언제 어떻게 이뤄질지를요.

기다려봐야 한다고 합니다.

내일, 모레, 오전, 일몰, 11월, 가을과 봄 사이…… 예측할 수 없고 자기 소관이 아니라고요. 영원히 나오지 못할 수도 있지만 의외로 금방 풀려날 수도 있다네요.

실은 사랑의 처우가 그리 궁금했던 건 아닙니다.

내가 궁금한 것은

도피하는 내내 밥은 먹었는지 잠은 어디서 잤는지 도와준 지인은 있는지 하는 생활과 관련된 부분입니다.

구체적으로 무슨 짓을 했는지 공범자가 있는지 평생 숨어다닐 요량이었는지 그런 것은

탐정의 몫이지 나의 몫은 아닐 테니까요.

등잔 밑이 어둡다고

시내의 프랜차이즈 카페에서 사랑을 붙잡았다고 합니다. 절대다수의 인식만큼 멀리 가지 못했다고 해요. 너무도 대담했던 탓에 도리어 넓게 펼쳐진 수사망에 걸리지 않았던 거라나요.

멀리 가지 못했던 걸까. 멀리 가지 않았던 걸까. 잠시 사랑의 입장이 돼보기도 했습니다.

이후 사랑은 묵비권을 행사하고 있다고 합니다.

그 지점이 탐정은 이해되지 않는다고 말합니다. 내막이 있을 거라 확신하는 투입니다. 혹시 사랑이 결백할 수도 있을까요.

탐정이 고개를 젓습니다. 저 혼자 끌어안은 부분이 있을지언정 완전히 깨끗하지는 않을 거라고요.

이상한 마음입니다. 나와 사랑 둘 사이에 특별한 교류는 없었더라도 그를 떠올리면…… 아무쪼록…… 사랑이 나쁜 선택을 하지는 않기를 바라게 돼요. 죄가 있다면 죗값을 치르기를요.

탐정은 한동안 머뭇거리다가 부탁이 있다고 했습니다. 내가 아니면 안 될 것 같다고요. 가능한 선에서는 들어드

리겠다고 답했습니다. 탐정은 재차 뜸을 들이곤

　사랑에 대한 증언을 요청했습니다.

　정말로 나는 사랑에 대해 할 말이 없는데요. 그다지 사
랑에 대해 아는 것도 없고요.

　사랑에 대해 내가 덧붙일 수 있는 것은

　다른 언어를 쓰면서도 같은 타이밍에 웃음을 터뜨린 적
이 있다는 것뿐 그것뿐입니다.

　난 아마 오래 못 살 거야

　하루는 그렇게 자조하는 사랑을 보며 나의 남은 생보다
사랑의 수명이 길 것이라 예감했습니다.

　방금 전화 한 통을 받은 탐정의 이목구비가 굳어버렸습
니다. 면목이 없다는 듯이 눈을 피하며 사랑이 도망가버렸
다고 말했습니다.

나는 탐정에게 들리지 않게 혼잣말을 합니다. 사랑이라 믿고 잡은 게 정말 사랑이었냐고요. 처음부터 사랑을 잡지 못했던 게 아니냐고요.

유리 너머로 사랑을 너무 닮은 이가 인파 속으로 섞여 들고 있습니다.

묘

나는 바쁘다오 방랑은 나의 오랜 업이오 이 세계의 모든 풍경을 내가 쓰다듬는다오 감나무가 큰 초록 대문 옆에는 언제나 회색 그릇이 있어 하루 한 끼는 그렇게 해결한다오 오는 게 있으면 가는 게 있는 법 점심 저녁 못 이기는 척 담을 타고 대문 주위를 순찰한다오 내려다볼 땐 큰 개도 퍽 왜소하니 썩 유쾌하오 열차 대신 관광객들로 분주한 철로 이편에는 내 악우가 묻혀 있는 게 틀림없소 신경질적인 나와 점잖은 체하는 그이기에 곧잘 부딪치곤 했다만 유감이오 이 세상이 유감이오 궂은 날씨에도 그가 오롯이 지키던 자리에 이제는 제 덩치만 한 봉분이 있으니 흙과 풀이 덮고 있는 게 무엇인지 내 어찌 모르겠소 사사건건 걸고넘어지는 관계였음에도 그걸 본 순간 내게서 영혼 같은 게 빠져나간 기분이었소 슬픔은 아니지만 슬픔 비슷한 것이었소 그날 이후 이 모든 외계를 방관하게 된 거외다 일반화하여 인간 전부를 불신하진 않소 나와 그가 각자였듯 당신네들도 각자 아니겠소 각자도생이란 말이오 개인을 지키는 영역의 범위를 탐구하게 되었소 그래 나는 바쁘다오 잿빛으로 녹슨 슬레이트 지붕에서 삼층의 방을 바라보는 중이오 셋이서 한 공간을 마구 침범하고 흩트려놓다니 얼마나 엉망진창이고 흥미롭소 타자의 손길을 뿌리치지도 않고 잘도 밥그릇을 공유한다오 셋이 공평하게 영역을 나눈다는 발상이 나와 그와 이방인에겐 없었소 더러워서 피하거나 더러워서 피하는 걸 기다렸을 뿐이오 삼층의 방에 현재 둘은 엎드려 있고 오직 하나가 기물을 옮기고 있소 서열이 생긴 것으로 보이기도 하오 하나는 둘을 업신여기고 둘은 경배하듯 엎드린 자세로 경직되어 있소 참으로 불쾌한 공존이오 그러나 인상적이오 저게 오늘이 처음이 아니라오 어찌 저 상태로 이틀을 내리 굽힐 수 있단 말이오 나는 어떤 입장이어도 내가 떠났을 것이오 상하도 좌우도 싫소 나는 나이고 싶소 이 지붕을 탐내어 오르는 자가 있다면 기꺼이 내어줄 테요 즐겁고 하품이 나오 깜빡 눈이 감긴 사이 방을 정리하던 하나가 나를 응시하오 안광이 빛나오 구경을 허락하지 않겠다는 태도요 그러나 나는 구경하오 내 권리는 또한 나의 것이라오 이제는 노려보오 남의 구역을 넘볼 뜻은 정말로 없다오 대체 어떤 신앙이기에 저 둘은 미동도 없이 경배하는 것이오 밤낮을 아끼지 않고 식

사와 잠도 거르고 온전히 저 자신을 다 갖다 바칠 태세요

신기하오 우리가 다른 종種임을 새삼 깨닫게 된다오

대학

강의실에 나는 앉아 있다 나만 앉아 있다 교수님의 말
씀을 경청하다가

잠든 것일까 잠들어 급기야 책상에 엎드린 나를 아무도
깨우지 않은 걸까 어째서

학교로 오는 과정이 생략되고

내가 강의실에 앉아 있는 이 순간이 오늘의 첫 기억인
걸까 내가 스스로 왔다면 어떤 무의식이

나를 강의실로 이끈 것일까

해가 떠 있어도 햇빛이 거의 들어오지 않아 강의실은
묘하게 어둡다 팔꿈치에 짓이겨진 노트에는 미시경제에
대해

필기되어 있다 복도에는 발소리가 가득하다 이 강의실

을 지나 다른 강의실로 가는 발소리다 이 강의실에는

　　나만 앉아 있다

　　학교를 떠나야지 다시는 돌아오지 말아야지 강의실 문
을 열고 나가자

　　방금 있었던 강의실과 같은 강의실이 나타난다

　　계절이 바뀌었음에도 지난 학기가
　　이어지고 있다

천변에서의 마주침

잘 지냈어?
여전하다 너는

옛날 생각난다 그래 철없을 때
너 힘들다고 내려가고 막
그랬잖아

차비 아낀다고 어디까지 걸었더라
맞다 혜화동
어쩐 일이야 집 근천가 보네 놀러 온 건가 어떻게
여기서 다 만나냐

독립했니 너 통금도 있었잖아
그거 텀블러에 그거 바닐라 라떼지 어떻게 넌
변한 게 없어

어디 다녀? 전공 살려서 갔댔나 소문은
소식은 들었는데 보니까

괜찮은가 보네 그래도

동생은 학교 들어갔겠다 너 외동 아니었지 외동이었나

왜 그렇게 어색하게 구냐 서운하게 하네 얘가
뭘 처음 봐
난 너 아는데

곁에서

　기다리는 잠은 안 오고, 좋지 않은 예감과 나쁜 예감이 번갈아 밀려오고, 쿵, 떨어진 게 있지 않는데도, 미동 없는 사물들 사이에서 번지는 진동, 풀벌레가 13층까지 올라와서 울고, 유달리 귀가 밝아지는 밤, 목이 타고, 입안이 마르고, 침을 삼킬 때마다 울대뼈의 울림이 벽을 치고, 화장실이 급해지고, 화장실이 급해도 화장실까지 갈 용기가 없고, 아직 일어나선 안 될 것 같고, 춥고 더운데 발끝을 이불 밖으로 내밀 수가 없고, 침대 아래 틈에서 오늘은 태우지 않은 향초 우드 향이 올라오고, 살짝 낸 음— 두 갈래로 갈라지고, 혀에 바늘이 수십 개는 박혀 있고, 책이 책에 기댄 사이의 틈에서 검은 물체가 움직이고, 눈을 감고, 감아도, 감은 눈 위로 어두운 게 지나가고, 얼른 잠이 와야 하는데 근데 잠이 지금 오면 안 되는데 갈등을 하고, 손끝 하나 움직이지 않아도 이불이 바스락거리고, 돌아누우니 벽이 가깝고, 벽 뒤에서 누가 두드리는 것 같고, 돌아누운 등 뒤에서 티셔츠를 잡아당기는 느낌이 나고, 그저 수많은 밤 중에 하나의 밤이라 되뇌어도, 오늘의 밤은 유독 끝을 향하지 않고, 방 안의 사물들이 이쪽을 향해 있고, 혼자가 아닌

것 같고, 혼자 있어도 혼자 있는 것 같지 않다는 게, 혼자가
아님을 혼자서 견디는 게, 오늘은, 나를

오늘이 지나면 다시 내일이 오늘

소스 묻은 접시들이 그대로 있는
테이블에
손님이 와 있다

종업원은 황급히 테이블을 치우고
물수건과 물 한 잔을
가지고 온다

한 명 더
올 거예요
프랑스식 요리를 주문하며 손님이 말한다

그러나 두 시간이 지나도록
손님의 일행은 나타나지 않는다

말 못 할 사정이 있겠지
심야식당은 저마다 사연을 가슴에 품고 머무는 곳

적당히 먹고 남긴 채
손님이 가고

손님이 가자
손님의 일행이 나타난다

한 명 더
올 거예요
손님의 일행은
손님이 앉았던 의자에 앉아서 프랑스식 요리를 주문한다

심야식당은
결국 혼자서 오는 곳

겨울의 밤은 길고
깊다

거짓말 같은

이야기 하나가 우리 사이에 퍼졌다 이야기 하나가

동네로 퍼져나갔다 이야기를 한 번 들었거나 한 번 이
상 들은 사람은 있어도

한 번도 못 들은 사람은 없었다 이야기를 빼면 생활 양
식도 마음가짐도 그대로였다 하지만 이야기를 빼고는

이야기가 되지 않았다 이야기를 듣기 전에는 어떻게 지
냈지 이야기가 대체 어떤 영향을 끼쳤지 다시는

이야기를 몰랐던 때로 돌아갈 수 없었다 이야기 자체는
무섭지도 않았고 우습지도 않았다 이야기의 문제는

다른 사람의 이야기 중에도 끼어든다는 데 있었다 이야
기 때문에 이야기를 할 수 없었다 이야기하려던 이야기는
과거에 머물러야 했다

이야기는 이야기를 낳지도 않았다 이야기는 과장과 축
소를 허용하지 않았다 이야기는 이야기로 온전했다 우리
끼리

이야기에 대해 이야기를 나눠도 소용없었다 이야기를
더할 수도 없었다 다 아는 이야기였다

다음 세대에는 이야기가 전해지지 않았으면 했다 우리
는 이야기를 하지 않기로 암묵적으로 동의했다

누가 먼저 이야기를 꺼냈더라
누가 어디에서 들은 이야기를 우리에게까지 끌고 왔더라

다들 우리 중 하나의 잘못이라 생각했다 이야기의 잘못
이라고는 아무도 생각하지 않았다

동전을 던져서 앞면이 나오면 내가 하고 뒷면이 나오면 그래도 내가 하는

네 잎을 지닌 여러해살이 토끼풀이 행운을 데리고 온다고 합니다. 몇 개의 나라와 몇 개의 도시를 경유해서 오는지 벌써 궁금해집니다.

정말로 행운이 찾아온 적 있나요?

탐정은 알 것 같았습니다. 내게는 없는 경험이었습니다. 탐정은 큰 앨범을 책장에 다 채울 정도로 행운의 상징을 모아두고 있었습니다. 특별히 찾아야 할 것이 없을 땐 행운의 상징을 찾아다닌다고 합니다.

풀밭을 돌아다니기도 하고 상점을 가기도 한다고 덧붙였습니다. 하늘은 스스로 돕는 자를 돕는다지만 하늘이 외면해도 돈으로 살 수도 있나 봅니다.

탐정에게는
좋은 일은 더러 있었지만 행운은 아직 오지 않았다고 합니다. 동전을 줍는 일, 기차를 놓치지 않는 일, 식물이 잘

자라거나 하는 일은
다행인 정도라고 여기는 듯했습니다.

그렇다면 탐정은 언제부터 행운을 기다리는 것일까요?

편지를 써 보았는지
정작 나타났을 땐 알아보기나 할는지
알 수 없습니다.

탐정은 행운의 갑작스러운 방문을 바라기보단 어느 날 불운이 끼어들 여지를 주지 않으려는 태도에 가까워 보였습니다. 신발의 끈을 공연히 풀었다 묶는 일, 먼지가 내려앉지 않았음에도 종종 소매를 쓸어서 터는 일, 실생활에 사용하지 않는 도수 높은 단안경을 닦아서 놓는 일, 쿠키한 조각을 일부러 남기는 일 모두
그렇게 해야 한다는 의식보다는 그렇게 하지 않으면 안 된다는 믿음 같았습니다.

기어코 행운이 결정적 순간에 나타나 자신을 구해줄 거라는 믿음 말입니다.

나에게는
이런 나에게도 기대어 기다릴 곳이 필요합니다. 탐정을 따라 네 잎에 의지해보기로 했습니다. 내게는 하나밖에 없지만 충분합니다. 어차피 행운은 유일할 겁니다.
탐정에게 간다면 내게 오지 않을 것이고 내게 온다면 탐정에게 가지 않을 것입니다.

별 볼 일 없는 날들이 계속되기를 바랍니다. 종이에 손끝이 베이는 정도의 아픔은 가끔 있어도 됩니다. 유리병을 떨어뜨리는 종류의 슬픔도 가끔은 와도 괜찮습니다.

다만 사람을 두 번 다시 만나지 못하게 되는 식의 이별은 더는 찾아오지 않았으면 합니다.

누가 나를 떠나지 않고 내가 누구를 잃어버리지 않는

게 가능하다면 행운이 왔다고 여길 수 있을지도 모릅니다. 설령 끝끝내 오지 않았다고 해도 그렇게 믿겠지요.

정말 행운이 올 수도 있겠지만

크게 바라진 않습니다. 나쁜 일이 앞서 오지만 않으면 됩니다. 별로 나쁘지 않은 일상이 이어지고, 하루가 멀다 하고 직업을 반복하고, 연신 하품을 한다고 해도
기꺼이 그런 지루함에 젖어 지내겠습니다.

이제야 탐정이 웃지 않는 이유를 알게 되었습니다. 웃으면 복이 온다니까, 그렇게 빨리, 그렇게 먼저, 복이 오면 안 되는 것입니다.

네 갈래로 뻗은 부드러운 잎을 가만히 만져보았습니다.

머지않은 날에 행운이 찾아오길 바랍니다.

탐정은 내게 건네는지 자기 자신에게 다짐하는지 알 수 없게 조곤조곤 내뱉었습니다. 누가 언제 어디서 무엇을 어떻게 왜 행운과 만나게 될지 모르겠습니다. 마냥 기다려도 되는지 행운이 오는 만큼 행운에게 다가가야 하는지 잘은 모르겠습니다.

위에서 아래로 옆에서 옆으로 사방위로 탐정이 가슴에 대고 십자가를 그었습니다. 나는 그저 보고만 있었습니다.

어떤 사람의 연대기에는 행과 운이라는 두 글자만 빼고 전부 적혀 있습니다. 행으로 시작하든 행으로 끝나든. 운으로 시작하든 운으로 끝나든. 그런 단어들은 어떤 사람과는 관계가 없습니다.

블랙아웃

불시착해 제가 태어난 지구에는 눈뜨고 눈 뜨고 볼 수
없는 것들이 넘쳐났습니다

이를테면

전단지 붙은 회색 전봇대 옆에서 숨을 죽이고 있는 봄
날 오후의 소파와
　평상을 구르는 여름날 수박 줄무늬와
　모든 책 모든 페이지에 넣어도 남을 가을날 책갈피와
　일렬로 서 있는 겨울날 공용 자전거와

그런 것들…… 차마 보고 있기가 힘들었습니다

칠흑과 같은 이곳이 좋습니다

사물 하나 보이지 않는
사람 하나 나타나지 않는
이곳은 희망적입니다

별세계에 대해 이야기를 들었던 날부터 별세계만을 동경해왔습니다 저의 전생에도 가지 못했을 곳이었습니다

두 눈에 각인된
광경이 있습니다

세월이 흘러도 까맣게 되지 않는 기억이 있는 것입니다
그런 것은
이곳에서도 쉽게
빛을 잃지 않습니다

언젠가는…… 빛을 잃을 것입니다

블랙 안에서는 뒤를 돌아보는 일과 앞을 바라보는 일이
다르지 않습니다 블랙의 품 안에서는
눈을 감지 않아도 감은 것입니다

그 어떤 행성에도 적을 두고 머무르지 않길 바랄 뿐입
니다 블랙을 통해 갈 수 있는 곳이 있다고 믿지 않습니다

　부지불식간에 상온에 녹은 초콜릿이 떠오릅니다

　저를 내버려 두세요

　긴 꼬리를 단 별이 블랙을 찢고 들어옵니다
· 제게 다가오지 마세요

　그러나 그런 소망을 저버리곤 별이 다가왔고
　일 초 만에
　과일 바구니가 놓인 하얀 방으로
　쫓겨나고 말았습니다

비가역

비가 온다 미에게 있을 수 있는 일이다

유리에 붙은 빗방울이 비틀거린다 사무실에서 미는 블랙커피를 마시고 있다 비가 오기 전부터 흐르던 음악이 계속 흐르고 있다

비가 온다 미의 예상을 벗어나지 않고

빗소리가 사무실로 쏟아진다 멍하니 창을 바라보면 시간이 잘 간다 괜찮은 절망에 잠긴 기분으로 미는 편한 의자에 앉아 있다

전국에 아니 천국에 비가 온다
이곳은 천국이 아니지만

비가 온다
미는 눈을 감는다

흐르는 음악이 멈추지 않고
미의 불안이 멈추지 않고
비가 멈추지 않는다

비가 오면
다 그만두려고 했는데

비가 오니까 그보다 좋지 않은 생각에 젖는다 그만둬야
겠다는 의식 속에서
미는 씻기지 않는 얼굴로 메시지를 기다리고 있다

부록

사후세계死後世界 보고서

一日

이제야 확신하게 되었다. 우리가 사는 세계의 이면에도 세계가 있다는 것을. 흔히 눈에 보이는 것만이 전부가 아니라고 하는데 그건 눈에 보이지 않는 감정, 공기, 기억 등을 말하는 것일 터다. 하지만 내가 본 건 명명백백한 세계다. 알록달록한 사물이 있고 움직이는 생물이 있고 양식이 있는 세계. 원해서 가볼 수 있었던 게 아니다. 나도 모르게 진입해 있었다고 해야 정확하다. 어쩌다 문이 열렸을까? 오늘을 기점으로 그 세계와 관련된 것들을 낱낱이 기록해둔다.

二日

꿈 그리고 꿈을 통해 엿본 그 세계 이 둘은 분명히 구분할 필요가 있다. 공통점부터 찾아본다. 꿈과 그 세계는 나란히 느닷없이 시작된다. 현실과 닮은 구석이 있다. 어쩐지 손에 힘이 들어가지 않는다. 아주 오래전에 소식이 끊

긴 사람, 모르는 사람, 죽은 사람, 아직도 친밀한 사람, 사람 같지 않은 사람 모두 만날 수 있다. 깨고 나면 일부는 기억나더라도 전부를 명확하게 기억하기는 어렵다. 타인이 똑같이 경험할 수 없다.

꿈은 그러나 꿈에서 일어난 일일 뿐이다. 현실에 전혀 영향이 없다는 이야기가 아니다. 벌레가 머리 위로 떨어진 것이 길몽인지 흉몽인지 검색하는 건 깨어난 자에게 필요한 의식이다. 결과에 따라 한낱 꿈으로 치부해도 되고 재물운 또는 연애운을 기대해도 된다. 꿈에서 느낀 슬픔과 기쁨을 여기로 끌고 올 수도 있고 꿈에서 만난 사람을 사랑하거나 미워할 수도 있다. 하지만 꿈에서 입은 몸의 상처나 꿈에서의 죽음은 현실에서의 상흔과 실재적인 죽음이 되지 않는다. 그렇게 되어선 곤란하다. 꿈에서 지구가 멸망했는데 깨고 나니 똑같이 지구가 폐허라면, 꿈에서 가슴에 칼이 들어왔는데 눈을 뜨고도 여전히 칼이 꽂혀 있다면, 그건 꿈이 아니라 또 하나의 지독한 현실이다. 마음을 완전히 떼어낼 순 없더라도 몸만큼은 꿈에서 온전히 깨어날 수 있어야 한다. 그래야 꿈이다.

그 세계는 이런 점에서 꿈과 다르다. 그 세계에서 밥을 먹으면 현실에서는 굶어도 된다. 먹었다는 감각에만 그치지 않는다. 정말로 먹은 것이다. 그 세계에서 먹은 것을 현실에서 소화할 수 있다. 이는 비단 나에게만 국한되지 않는다. 우리 주변에서도 종종 발견할 수 있다. 대부분은 그 세계를 꿈이라고 애써 자위하곤 침을 삼키거나 잊으려고 노력하지만 큰일이 벌어진 경우에는 외부에 알려지기도 한다. 친구의 지인이 겪은 일을 그렇게 듣게 되었다. 꿈에서 발이 잘렸다고 생각했는데 정말 발이 잘려버렸다고 한다. 딱 침대 끄트머리에 나간 발목까지만 매끈하게 사라졌다고 한다. 누가 톱이나 도끼를 이용해서 잘라낸 것이 아니라 태생적으로 발목이 없었던 것처럼 되었다고 한다. 그 애를 직접 보기 전까진 나도 믿을 수가 없었다. 그 애는 초점이 없는 눈을 하고 있었다. 그야말로 텅 빈 동공은 나와 친구의 발을 향하고 있을 따름이었다. 원망이었을까, 슬픔이었을까. 왜 하필 자신에게 이런 이해할 수 없는 일이 벌어졌는가 하는 마음이 아니었을까 싶다. 이 내용을 나는 그 애에게 허락을 구하고 「사춘기」라는 운문 형태로 남겨두었다. 그 애의 가족에 대해서는 말하지 않겠다. 그 애가 그 세계에서 또 무엇을 겪었는지는 물어보지 못했다. 안정을 취해야 하는 상황이었고 그 세계와 관련된 질문에는 어떤 것도 대답하지 않겠다는 결의 같은 것이 꽉 다문 입술에서 느껴졌다.

三日

방 안의 모든 소리가 일제히 멎는다. 페이지가 넘어간다. 초침이 움직인다. 스탠드에 열이 난다. 모기가 괴롭힌다. 일상은 그대로인데 소리만 먹먹하다. 물에 잠긴 듯이. 물속 깊이 잠긴 듯이.

五日

미신은 그 세계의 또 다른 증거다. 과학적인 근거를 찾을 수가 없음에도 우리가 사는 사회에 확실히 영향을 끼치고 있다. 세간에 떠도는 속설이 있고 남에게는 적용되지 않는 개인적인 징크스가 있다. 하나같이 그 세계에서 시작된 힘이다. 소위 말하는 육감六感은 잠시 그 세계와 연결되어 작동하는 생존 본능이다. '쎄하다'는 건 그저 기분 탓이 아니다. 12시에 거울을 보면 안 된다고 믿으면 정말 거울에 있어선 안 될 것이 때맞춰 나타나게 되는 것이다.

민속원에서 나온 나라키 스에자네가 쓴 『조선의 미신과 풍속』(김용의 김희영 옮김)에는 당시부터 일상에 붙어 있던 온갖 미신이 적혀 있다. 상세한 자료 덕분에 그 세계에 대한 나의 탐구가 원활히 이뤄질 수 있었다고 말할 수 있다. 이 지면을 빌려 감사를 전한다. 『조선의 미신과 풍속』에 수록된 미신들과 그를 활용해 운문으로 남겨둔 작품명은 아래와 같다.

「미신」:

- 월식月蝕은 개가 달을 잘라 먹기 때문에 일어난다.
- 정월 보름날 밤에는 집집마다 신神이 돌아다니다가 자신의 발에 맞는 신발이 있으면 찾아서 갖고 간다.
- 정월 보름에 짚 인형을 만들어서 여러 가지 음식을 바치고 자신의 병 든 부분, 예를 들어 복부腹部라면 그 인형의 배에, 다리라면 다리에, 엽전 한 닢을 삽입揷入하고 사람들이 모르도록 가능한 한 사람들의 통행이 많은 교차로에 내다버린다. 다음 날 아침이면 아이들이 그 인형을 갈기갈기 찢어 군데군데 들어있는 돈을 꺼내고 기뻐한다. 찢기고 남은 인형은 도랑이나 냇물 등에 버린다. 이 의식이 끝나면 성인成人은 인일人日이 지나 자신의 병도 이윽고 완쾌할 것이라며 크게 안심한다.

• 개가 문 앞의 흙을 파면 그 집 주인이 죽는다.

• 개가 담 위로 올라가서 입을 길게 벌리고 마주한 쪽 집에는 큰 흉사가 있다.

• 개가 아궁이 앞의 흙을 파면 가족 중에 불행이 있다.

• 개는 5년 이상, 닭은 3년 이상 기르면 악귀惡鬼가 되어 그 주인집에 위해危害를 가한다.

「작야흉몽벽서대길昨夜凶夢壁書大吉」:

• 귀신의 발은 외발이다.

• 나쁜 꿈을 꾸었을 때 벽에 '작야흉몽벽서대길昨夜凶夢壁書大吉'이라고 써 붙이면 그 재난을 피할 수 있다.

「내가 아는 세상이 세상의 전부」:

• 무지개가 우물물에 비칠 때 머리를 빗으면 머리카락이 잘 자란다. 그러나 그림자가 사라지기 전에 다 빗지 못하면 그 사람은 요절夭折한다.

• 물속에 무심코 돌을 던져 넣으면 죽은 후 그 깊이만큼의 돌을 주워 올리지 않으면 구원받지 못한다.

「아무리 많은 걸 내려놓아도」:
• 여행자는 성황당에 반드시 돌 하나를 던지고 가든지 또는 침을 뱉고 가지 않으면 행선지에서 불시의 재난을 당하는 일이 있다.

(주註— 성황당이란 '션황당'을 표기한 것인데 성황사城隍祠라고 부르기도 하며 이에 관해서 여러 가지 설說이 있다. 시골을 여행하다 보면 작은 돌산을 이루고 있는 곳에 홍紅, 청靑, 백白색의 천 조각 같은 것이 묶여 있는데 이것이 곧 성황당이다.)

六日

사람들의 표정에서 아무것도 읽어낼 수가 없다. 아무것

도 없거나 혹은 너무 많은 것이 한꺼번에…… 모르겠다. 기쁘면 웃고, 슬프면 울고, 화나면 찡그리고…… 그게 전부가 아니라는 것만은 알겠다. 이제 나는 어떤 표정을 짓고 너를 만나야 하나.

七日

그동안 의뢰인과 나눈 대담과 여러 사례를 통해 사랑, 미래, 곡조, 행운과 같은 이들이 이쪽 세계와 저쪽 세계를 손쉽게 오간다는 사실을 확인할 수 있었다. 그들이 죽었거나 사라졌다고 감지한 순간에는 이미 다른 세계에 살고 있었던 것이다. 그들은 우리와 비슷한 육체를 지니고 있지 않기에 세계를 오가는 일이 자유롭다. 우리가 그 세계를 향할 때는 얼마간 또는 영원히 육체를 반납해야 한다. 하나 그들은 통행료를 지불하지 않는다. 그들이 특별하기 때문이 아니다. 오히려 반대다. 그들은 항상 쫓기고 있다. 의

뢰인에게서. 나에게서. 전 인류와 온갖 생물에게서. 통행
료 없음은 그들 의지와 무관하게 쏟아지는 관심에 대한 대
가다.

막상 사랑을 만나면 할 말이 없어진다. 미래를 만나면
얼굴을 들 수가 없어서 못 본 척하게 된다. 곡조를 만나면
한시도 떼어내기 어려워서 힘들다. 행운은 불운과 함께 다
니기 때문에 따로 만날 수가 없다. 이 모든 건 눈앞에 없어
야 평생을 걸어서라도 만나고 싶어지는 것이다.

그래도 한 번은 만나야 한다. 탐探하고 정偵하는 것이 나
의 직업이므로. 의뢰인이 원한다면 만나게 해주어야 한다.
누구보다 내가 먼저 붙잡아야 한다. 탐닉耽溺하고 정리整理
하는 것이 나의 윤리이므로.

현재 나는 아름다움을 쫓고 있다. 아름다움은 도망치지
않는다. 아름다움은 거절하지 않는다. 그러나 웬만한 방법
으로는 아름다움에게 다가갈 수조차 없다.

직업이 직업이라 아무에게도 하지 못한 얘기가 있다.

나 또한 누군가에게 쫓기는 감정이라는 것. 착각일까? 왠지 선배에게 털어놓으면 그건 유년기 혹은 죄의식이라고 대답할 것 같다. 하지만 나는 안다. 그들도 있겠지만 단지 그들만이 아니다. 그 이상으로 집요한 그림자가 하루도 빠짐없이 나를 쫓고 있다.

八日

길을 잘못 든 적이 있다. 자주 있는 일이지만 그건 뭔가 기묘한 길 잃음이었다. 도서관으로 가는 중이었다. 지도를 확인하고 있었으므로 옆길로 샐 위험은 없어 보였다. 오만이었다. 도보를 따라 걸었는데 숲이 나왔다. 인도人道는 끊어져 있었다. 인간의 손길이 닿지 않아 마음껏 자란 나무와 풀로 가득했다. 벌레들이 웅웅거렸다. 사위는 금세 어두워졌다. 시대가 달라지지 않고서야 가능할 리가 없는 풍광이었다. 다행히 통신이 끊어지진 않았다. L에게 전화를 걸었다. "나 바다마을 근처 도서관에 가는 중이었는데 길을 잃었어. 외길인데 이럴 수가 있나? 너 이 근처 잘 알지? 어디로 가야 해?" L은 말했다. "무슨 소리야." L이 숨을 돌리고는 이어서 말했다. "거기 도서관이 어딨어?"

이해가 되지 않았다. 후기가 없는 건 방문객들이 남기기 귀찮아서 그런 게 아니었나. 도서관은커녕 폐가도 조성되어 있지 않을 분위기였다. 인간인 내가 이 숲에서 제일 이질적이었다. 온 길 그대로 돌아서 걸었지만 처음 걸었던 길이 나오지 않았다. 한없이 숲을 배회하는 꼴이었다. 으슬으슬 몸이 떨렸다. 가로등 빛이라도 보인다면 한 줄기 희망일 것 같았다.

체감상 서너 시간은 헤매고 있는 듯했다. 나뭇가지에 팔이 긁히고 날카로운 돌이 밟혀도 앞으로만 갔다. 깜깜했다. 구천을 떠도는 기분이었다. 핸드폰도 기능을 멈춘 지 오래였다. 망연하게 나아갔다. 그러다 한순간 나뭇잎들을 걸어내자 한순간에 도시의 야경이 나타났다.

부재중 전화와 문자가 수십 통 쌓여 있었다. 길을 잃은 사이 이곳에서 나는 부재했던 게 틀림없었다. 내가 사라진 그 짧은 틈에 이곳의 시간이 일 년은 넘게 흘러 있었다. 옷가지가 찢겨진 채로 나는 도시의 수많은 불빛 속으로 들어가야 했다. 그 경험 이후로 나는 어디에도 거처를 둘 자신이 없어졌다.

九日

책상 밑으로 침대 밑으로 떨어뜨린 물건이 처음부터 존재하지 않았던 것처럼 사라질 때는 그 세계로 떨어진 것이다.

十日

비는 통로다. 빗줄기는 하늘이 우리에게 건네는 긴 말줄임표다. 우리에게는 거기 숨은 의도를 읽어낼 능력이 없다. 비의 줄기를 붙잡고 올라가 천국의 문을 열어젖히지 못한다. 다만 쏟아지는 말줄임표를 온몸으로 받아내며 흠뻑 젖거나 우산을 들어 한때의 방언ᅔᅳᆯ을 견뎌낼 뿐이다. 비는 그냥 증발하지 않는다. 비는 우리 안으로 스며든다. 어느 날 당신이 갑자기 우울하다면 그건 피부밑에 흐르는 빗물의 소란일 수 있다. 비는 통로고 빗물은 음성이다. 그러나 빗물의 종착지는 우리의 몸이 아니다. 우리의 몸은 중간 지점에 불과하다. 빗물은 흐르려고 한다. 심장에 파고들 기회를 늘 엿본다. 인간이 되기 싫은 귀신에게 의미 있는 말을 전하려 한다.

閏年 一日

지금 내가 사는 세계에는 빛이 가득하다. 자연의 빛과 인공의 빛이 함께 이 세계를 비추고 있다. 너무 오래 밝다. 보이지 않아야 하는데. 보인다. 이제는 그 사실이 무섭다.

아침달 시집 29

모든 에필로그가 나를 본다

1판 1쇄 펴냄 2023년 2월 28일

지은이 구현우
편집 송승언, 서윤후
디자인 한유미, 정유경

펴낸곳 아침달
펴낸이 손문경
출판등록 제2013-000289호
주소 03980 서울시 마포구 성미산로 153-16, 2층
전화 02-3446-5238
팩스 02-3446-5208
전자우편 achimdalbooks@gmail.com

ISBN 979-11-89467-83-8 03810

값 12,000원

이 도서는 2022년도 한국문화예술위원회 아르코문학창작기금(발간지원) 사업에 선정되어 발간되었습니다.